CATALOGUE

D'UN

TRÈS BEAU MOBILIER

Ancien et de Style

Objets d'Art et de Curiosité

MAGNIFIQUES TAPISSERIES

D'après Albert Dürer, Jules Romain

DES XVIe ET XVIIIe SIÈCLES

Tentures — Tapis — Étoffes anciennes

Argenterie — Bronzes — Porcelaines — Faïences

BIJOUX — DIAMANTS

MARBRES DE FALGUIÈRES ET D'ÉVRARD

Miniatures — Éventails — Point de Venise

BEAUX TABLEAUX

DES

Écoles Française, Flamande et Hollandaise

DONT LA VENTE AURA LIEU

HOTEL DROUOT, SALLE N° 1

Les Lundi 1er et Mardi 2 Avril 1889

A DEUX HEURES

Par le Ministère de **Me G. BOULLAND**, commissaire-priseur

26, rue des Petits-Champs, 26

Assisté de **M. A. BLOCHE**, expert

25, rue de Chateaudun, 25

Chez lesquels se trouve le présent Catalogue

EXPOSITION PUBLIQUE

LE DIMANCHE 31 MARS 1889

DE UNE HEURE ET DEMIE A CINQ HEURES

CONDITIONS DE LA VENTE

Elle sera faite *expressément* au comptant.

Les Acquéreurs payeront CINQ POUR CENT en sus des adjudications, applicables aux frais de la vente.

L'Exposition mettant les acquéreurs à même de se rendre compte de l'état et de la nature des objets, il ne sera admis aucune réclamation une fois l'adjudication prononcée.

Paris. — Imp. de l'Art, E. MÉNARD et Cie, 41, rue de la Victoire

DÉSIGNATION DES OBJETS

TABLEAUX

LE BASSAN

1 — *Le Marché aux poissons.*

2 — *Le Marché aux fruits.*

Deux très beaux tableaux.

BÉZARD

3 — *Le Berceau vide.*

Signé et daté 1837.

BITTER

4 — *Geneviève et Lancelot.*

Joli tableau.
Provient de la collection du château de Rosny.

BOTH

(d'Italie)

5 — *Environs de Rome.*

BRILL

(PAUL)

6 — *Château fort.*

Au milieu d'un paysage de la Hollande, animé de nombreux personnages en traineaux.

Sur cuivre.

COYPEL

7 — *Portrait de la duchesse de Châteauroux.*

En buste, dans un très élégant costume brodé.

DANLOUX

8 — *Portrait de dame de qualité.*

Représentée à mi-corps et tenant des fleurs à la main.

Cadre ancien.

DELACROIX

(Signé)

9 — *L'Embuscade.*

Aquarelle.

DENIS

10 — *Paysage d'Italie.*

FICHEL

11 — *Marquis Louis XV.*

Jolie aquarelle.

BERNART GRAAT

12 — *La Présentation.*

Signé et daté.

DE GRAILLY

13 — *Paysage avec rivière et animaux.*

DE GRAILLY

14 — *Route à travers une vallée.*

Avec figures de paysans, soldats et voitures.
Signé et daté 1836.

JORDAENS

15 — *Scène de festin.*

Importante composition de nombreuses figures.

LEDUC

16 — *Récréation musicale après le déjeuner.*

LÉPICIÉ

17 — *Portrait de jeune femme.*

Représentée en buste, costume Louis XVI.
Fait pendant au tableau n° 8.
Dans un cadre ancien.

MAAS

(NICOLAS)

18 — *La Partie de cartes.*

Joli tableau.

MASSON

(BÉNÉDICT)

19 — *Le Nid.*

OCTAVIEN

20 — *Le Concert champêtre.*

PARROCEL

21 — *Choc de cavalerie.*

Belle qualité.

PORBUS

22 — *Portrait de jeune garçon.*

En riche costume garni de fourrure.

RAOUX

23 — *Portrait de jeune femme.*

En robe coquettement décolletée, coiffée d'un toquet à plumes, tenant un trait à la main, dont elle essaie la pointe.

Cadre en bois sculpté et doré.

RÉVOIL

24 — *Jeanne d'Arc insultée dans sa prison.*

Importante composition de nombreuses figures.

Provenant de la collection de la princesse de Nassau.

RUBENS

(Attribué à)

25 — *Beau portrait de femme.*

Avec costume enrichi de pierreries.

RUBENS

École de

26 — *Scène de festin.*

Très beau tableau.

RUBENS

(École de)

27 — *La Naissance de l'Enfant Jésus.*

Importante composition d'une belle facture.

RUYSDAEL

(SALOMON)

28 — *Beau paysage de la Hollande.*

S'étendant à perte de vue, au bord d'un fleuve animé de voiliers et de bateaux à l'aviron, avec nombreuses figures.

Signé sur le bateau du premier plan : *S. R. V., 1662.*

SCHONNI

29 — *Princesse à sa toilette.*

30 — *Jeune Femme au bain.*

Deux pendants.

SCHOREL

31 — *La Sainte Famille.*

TIÉPOLO

32 — *L'Adoration des Mages.*

VALLIN

33 — *La Comparaison.*

Réunion de nymphes dans un parc, formant groupe, avec une statue de femme nue.

VAN DER MEULEN

34 — *Halte de cavaliers.*

VAN DYCK

35 — *Beau portrait d'Henriette de France.*

Représentée en buste.
Cadre en bois sculpté.

VAN DYCK

(École de)

36 — *Portrait de jeune garçon.*

En costume noir avec collerette blanche.

VAN OSTADE

37 — *Les Fumeurs.*

Tous trois sont réunis autour d'un tonneau ; l'un allume sa pipe, l'autre fume d'un air impassible ; le troisième personnage, au premier plan, regarde d'un air railleur, tenant une cruche en grès dans les mains.
Sur bois.
Signé des monogrammes V. O.

VERDUSSEN

38 — *La Halte au bivouac.*

39 — *Les Divertissements champêtres.*

Gracieuse composition de plusieurs figures : gentilshommes, grandes dames en élégants costumes et cavaliers.
Belle qualité.
Deux pendants.
Signé à gauche, dans le bas.

WOUWERMANS

(PIERRE)

40 — *Le Départ pour la chasse.*

Belle facture.

WOUWERMANS

(PIERRE)

41 — *Une Halte.*

ÉCOLE ANCIENNE

42 — *Saint Jérôme.*

43 — Tableaux non catalogués.

MOBILIER — OBJETS D'ART — TAPISSERIES

SALLE A MANGER

44 — Magnifique tenture murale en ancienne tapisserie : sept portières, une décoration de baies, formée de deux pentes et un bandeau, une pente en ancienne tapisserie représentant une suite de paysages et de forêts avec vues de châteaux en perspective, relevés de grandes fleurs en couleur et animés de nombreux oiseaux, perroquets, faisans, paons et groupes de renards tenant des coqs sous leurs pattes, accompagnée d'embrasses et de grandes cordelières avec glands pour relever les portières.

45 — Grande et belle cheminée monumentale en bois sculpté de style XVIe siècle, avec bandeau armorié, arabesques et cariatides ; le trumeau est orné d'un portrait d'homme avec armure d'apparat et riche costume.

46 — Horloge à cage en bois sculpté Louis XIV, cadran signé : *Louis de Messine à Wassonhal.*

47-48 — Deux consoles-supports en bois sculpté à figures d'enfants.

49 — Deux colonnes en peluche rouge, ornées de guirlandes de feuillages.

50 — Paire de grandes lampes forme gourdes, en porcelaine laquée rouge, décor chinois, à rehauts d'or; monture bronze doré.

51 — Bahut s'ouvrant à une porte en chêne sculpté. Style XVIe siècle.

52 — Deux meubles formant gaines en chêne sculpté, s'ouvrant à une porte. Style XVIe siècle.

53 — Grande potiche vieux Japon, décor polychrome.

54 — Statue en marbre blanc : *la Baigneuse*, d'après CANOVA.

55 — Table à tiroirs en chêne sculpté, pieds tors ralliés par un croisillon. Style Louis XIII.

56 — Baromètre bois sculpté, partie doré. Style Louis XVI.

57 — Vase en albâtre avec couvercle, anses à serpents. Style Louis XVI.

58 — Buste en marbre : Portrait présumé de Thibaudeau.

PREMIER SALON

59 — Piano à queue en palissandre, de Pleyel.

60 — Bel ameublement composé d'un canapé, quatre fauteuils et six chaises en bois sculpté et doré, style Louis XVI, couverts de brocart vieux rose, dessin vert.

61 — Grand siège de milieu à trois places en forme de fauteuils, avec guéridon au milieu, en brocart analogue au meuble de salon, rampe de peluche, cordelières et passementeries assorties.

62 — Deux belles décorations de croisées composées de grands rideaux en satin rouge, avec bandes en brocart et rideaux en satin bleu pâle, relevés à l'italienne, accompagnées de cordelières, embrasses et garnitures assorties, doublées de soie verte.

63 — Cinq décorations de portes en même étoffe, et relevées à l'italienne.

64 — Belle cheminée en ancienne tapisserie, dessin à arabesques de fleurs, dessus et côtés en peluche rouge, garnie de franges.

65 — Glace ovale biseautée, avec cadre monumental en bois sculpté, noir et or, à dragons et à enroulements.

66 — Fauteuil bas en bois doré, couvert en lampas rose, médaillons à fleurs encadrés de rocailles.

67 — Chaise en bois doré Louis XVI, couverte en lampas rayé vert et broché.

68 — Trois chaises volantes couvertes en peluche et soierie.

69 — Table à jeu hollandaise, en marqueterie de bois à fleurs. Louis XV.

70 — Coffre de mariage en palissandre, avec jolie monture en cuivre poli fleurdelisé. Époque Louis XIII.

71 — Table à ouvrage en chêne sculpté.

72 — Potiche avec couvercle, forme à pans, en vieux Delft fond jaune, médaillons en bleu sur blanc à sujets chinois.

73 — Deux potiches de Chine, décor paysages en couleur sur fond vert céladoné.

74 — Vase avec couvercle en faïence italienne, décor à guirlandes de fleurs.

75 — Deux petites glaces avec cadres en bois sculpté et doré. Louis XIV.

76 — Siège à deux compartiments, en velours rouge dit de Gênes, dessin à fleurs ton sur ton, garni de franges de soie.

77 — Chaise forme ottomane, en satin jaune bouton d'or, partie capitonnée, partie brodée au passet, dessin à fleurs et oiseaux, garnie de draperies avec franges et passementerie.

78 — Meuble à hauteur d'appui s'ouvrant à deux portes en marqueterie de cuivre sur fond d'écaille de l'Inde, orné de bronzes dorés. Style Louis XIV.

79 — Beau lustre en bronze doré, richement garni de cristaux taillés, à quarante lumières. Style Louis XVI. De la maison Marquis.

80 — Huit appliques à six lumières, en bronze orné de cristaux de la maison Marquis.

81 — Deux petites consoles-supports en bois sculpté : aigles et rocailles. Style Louis XV.

82 — Diverses tables de fantaisie.

83 — Divers coussins en peluche, en soierie.

84 — Deux tabourets X, bois doré, dessus en broderie et peluche.

85 — Tapis couvrant le grand salon.

86 — Très belle statue en marbre : *Phryné*, de *Falguières*.

87 — Beau groupe équestre en marbre : *Ariane et Bacchus* sur la panthère, d'*Evrard*.

88 — Brûle-parfums en bronze doré. Style Empire.

89 — Paire de vases décor bleu, genre Sèvres, avec chiffre ; monture en bronze doré. Style Louis XVI.

90 — Jolie petite pendule à cadran tournant, en bronze doré, ornée de plaques en pâte tendre décorée.

91 — Pendule de style Louis XIV, modèle aux chevaux.

92 — Deux bras d'applique, modèle à figures de femmes à deux lumières. Style Louis XVI.

93 — Paire de beaux candélabres en bronze formés de figures de femmes, d'après Clodion, avec bouquets dorés à cinq lumières. Style Louis XVI.

94 — Grand buste en bronze : la Dubarry, d'après Pajou, signé et daté 1773.

95 à 98 — Quatre grands groupes allégoriques en bronze : les Saisons, sur pieds ornés de tores de lauriers. Signés : Stella.

99 — Groupe en marbre : Léda, sur socle en bois sculpté et doré. Louis XIV.

100 — Groupe en bronze : la Nymphe Amalthée et sa chèvre, de Zulon.

101 — Deux statuettes de style Louis XV, sur pieds en marbre.

102 — Pendule, style Empire, en bronze. Sujet allégorique des sciences.

103 — Pendule en bronze doré à figure de Bacchus. Style Empire.

104 — Paire de beaux bras d'applique, modèle au cor de chasse à trois lumières. Style Louis XVI.

105 — Grande et belle paire de chenets formés de groupes d'animaux en bronze. Style Louis XV.

106 — Pendule borne, style Louis XVI, ornée d'un vase, décor bleu de Sèvres.

107 — Groupe en bronze doré : Enfant musicien sur socle en bronze et marbre.

DEUXIÈME SALON

108 — Ameublement de style Louis XVI, en bois sculpté et doré, couvert en lampas vert et rouge, à médaillons de fleurs et festons de rubans, composé de deux canapés, deux fauteuils et un écran.

109 — Petite *marquise*, forme éventail, en satin gris perle broché et peluche bleu pâle.

110 — Chaise ottomane en peluche violette, à capitons bleus, dessus en velours dit de Gênes bleu pâle, dessin à fleurs ton sur ton.

111 — Deux consoles en bois sculpté et doré, style Louis XVI, avec croisillons à vases de fleurs.

112 — Belle table à jeu en bois rose et marqueterie, ornée de bronzes. Style Louis XVI.

113 — Paire de rideaux en satin cerise, avec lambrequin semblable au mobilier.

114 — Potiche avec couvercle en vieux Japon, décor bleu à fleurs et oiseaux; monture en bronze noirci et frotté dans le style oriental, forme lampe.

115 — Grand bol en vieux Delft, décor au Chinois en polychrome.

116 — Deux bols en vieux Delft, décor à fleurs en polychrome.

117 — Deux statuettes en biscuit, d'après Falconnet.

118 — Potiche en vieux Japon, décor polychrome, montée en bronze doré.

119 — Grande jardinière en vieux Chine, décor bleu sur blanc, à branchages et fruits; monture en bronze doré.

120 — Lustre à vingt-quatre lumières en bronze doré, orné de cristaux. Style rocaille.

121 — Tapis de table en peluche rouge et bleu, ornée de broderies à fleurs et branchages.

122 — Cabinet japonais en laque, décor à rehauts d'or.

123 — Table en bois doré, forme bambou, et laque d'or sur fond rouge.

124 — Paravent à quatre feuilles en satin de Chine brodé, encadré de peluche bleue, gainé de velours noir.

125 — Guéridon en chêne sculpté, avec dessus formé d'un plateau de surtout en ancienne faïence de Marseille, décor à fleurs, bordure quadrillée.

126 — Grande jardinière en porcelaine de Chine, fond jaune, décor en relief, représentant des objets d'ameublement en émaux de couleur.

127 — Paire de bras d'applique, à figures de femmes ailées. Style Empire.

128 — Petit cartel en bronze doré. Style Louis XVI.

129 — Bel encrier en bronze et marbre, avec figure d'enfant, et à deux lumières. Style Louis XVI.

130 — Paire de girandoles à cinq lumières avec figures en porcelaine de Saxe, montées en bronze. Style Louis XV.

131 Groupe de faune et bacchante. Style Louis XVI.

132 — Buste en bronze : Sainte Vierge.

TROISIÈME SALON

133 — Meuble de salon en bois de noyer finement sculpté, couvert en tapisserie, style Louis XVI, composé d'un canapé, deux fauteuils et deux chaises.

134 — Deux bras d'applique en bronze doré. Style Louis XV.

135 — Pendule en bois noir et appliques de lapis, avec deux figures de bronze assises sur les côtés.

136 — Quatre appliques en bronze ornées de cristaux.

137 — Miroir Louis XIV, cadre de bois doré et sculpté.

138 — Meuble à hauteur d'appui, bois rose orné de cuivres, à deux portes vitrées.

139 — Table-guéridon en bois rose, ornée de cuivres.

140 — Chiffonnier en bois rose et ornements de cuivres.

141 — Grand tapis de Smyrne.

142 — Bibliothèque en bois noir, à haut vitré et s'ouvrant à trois portes.

143 — Petit meuble en bois noir, à deux portes vitrées.

144 — Bibliothèque en bois noir sculpté, à hauteur d'appui, coins ronds, le milieu s'ouvre à deux portes vitrées.

145 — Grand et beau bureau plat, de l'époque Louis XIV, à quatre faces, en bois satiné et richement orné de cuivres ciselés et dorés.

146 — Chaise longue en velours marron capitonné et bande de tapisserie.

147 — Fauteuil semblable.

148 — Table-bureau en marqueterie de cuivre, ornée de bronzes.

149 — Meuble à hauteur d'appui en marqueterie de cuivre ornée de bronzes, à portes vitrées.

150 — Belle pendule, forme lyre, en bronze doré, sur socle en marbre blanc.

151 — Paire de belles girandoles en bronze doré, à trois lumières. Style Louis XVI.

152 — Deux petites figurines en bronze : Enfants. Style Louis XV.

153 — Miniature sur ivoire : Portrait de Mme de Pompadour ; cadre en velours.

154 — Miniature sur ivoire : Fête de village ; composition de trente-quatre figures.

155 — Miniature sur ivoire : *la Comparaison*. Cadre en bronze. Style Louis XVI.

156 — Miniature carrée : Portrait de Louis XIII ; cadre en velours.

157 — Miniature sur ivoire : le Lever.

158 — Miniature : le Satyre indiscret.

159 — Miniature représentant Léda.

160 — Bonbonnière ronde en ivoire, avec miniature : Portrait de femme ; cercle en or.

161 — Joli éventail Louis XVI, représentant *Flore et Apollon favorisés par les amours ;* gracieuse composition dans un paysage des plus souriants. Deux autres médaillons en grisaille, à sujets d'amours, sont suspendus par des guirlandes de fleurs. Riche monture en nacre rehaussée d'or, à médaillons allégoriques et trophées de musique.

162 — Bel éventail Louis XV, représentant divers sujets champêtres allégoriques à la chasse, à la pêche, encadrés de fleurs et de rocailles relevés d'or. Élégante monture en ivoire finement sculpté, rehaussé de peinture ; dessin : figures d'amours, rocailles et corbeilles de fleurs.

163 — Très jolie coupe de 2 mètres ancien point de Venise à la rose.

164 — Charmante petite glace avec cadre en bronze finement ciselé, montants cannelés, enveloppé de draperies ; bordure à feuilles d'acanthe ; en bas, une frise à arabesques et une large moulure feuillagée avec perles ; couronné par un élégant trophée d'attributs allégoriques aux Arts et aux Sciences. Porte sur le dos d'un livre le monogramme : T. H. et la date 1781.

165 — Joli pot à eau et sa cuvette en vieux Sèvres, pâte dure, forme et décor feuillages rocailles à rehauts d'or.

166 — Buste en terre cuite : *le Coq*, de BOHN.

167 — Curieux sablier double avec monture d'aspect architectural, en cuivre repoussé et ciselé à colonnettes torses et frontons à rocailles. Époque Louis XV.

168 — Drageoir en fer repoussé, dessin à arabesques. XVIe siècle.

169 — Étui à lunettes, en buis sculpté, avec petits amours en bas-relief à l'intérieur et scènes allégoriques à l'adoration de l'Enfant Jésus et au Christ en croix pleuré par les saintes femmes. XVIe siècle.

170 — Affiquet en buis sculpté à jour, dessin à feuillages, têtes et bustes du XVIe siècle.

171 — Petite statuette d'applique en ivoire : *le Joueur de flûte*. XVIIe siècle.

172 — Reliquaire en buis sculpté, dessin à fleurs et rosaces. XVIe siècle.

173 — Poignard à manche d'ivoire finement sculpté, représentant le buste de Sigismond III, roi de Pologne, et ses armes. Travail ancien.

174 — Couteau avec manche en corne sculptée, se terminant par un petit groupe d'enfants sur un bélier.

175 — Porte-couteau en plomb décoré, formé par un accouplement de sphinx.

176 — Paire de mitaines en tricot très fin, couleur rose, garnies d'une dentelle d'argent. XVIe siècle.

177 — Pupitre de lutrin, en bois sculpté, dessin rocaille. Époque Louis XV.

178 — Fraisière en ancienne porcelaine de Charles Théodore, manche à tête d'animal.

179 — Mesure à thé en vieux Saxe, décor à fleurs.

180 — Tasse et soucoupe en vieux Nast, fond blanc à bordures rehaussées d'or.

181 — Théière en vieux Chine, famille rose, décor à fleurs.

182 — Tirelire en laque fine du Japon, fond noir, rehaussée d'or.

183 — Plateau ovale en vieux Saxe à anses, décor à fleurs.

184 — Petite soupière avec couvercle et plat en argent, bordure ciselée, anses à chimères, avec cygne sur le couvercle. Époque Empire.

185 — Poêlon en argent vieux Paris.

186 — Petit légumier en argent avec couvercle et plat, décor en gravure de Froment-Meurice.

187 — Belle soupière ovale en argent vieux français. Louis XVI.

188 — Beau vidrecome en argent repoussé, représentant autour des figures de Diane chasseresse et des cornes d'abondance entre des festons d'arabesques, couronné par un lion couché. Époque Louis XIII.

189 — Très beau plat en argent repoussé et doré par partie, offrant des cartouches à médailles historiques et des ornements dans le goût du XVIe siècle.

190 — Gantelet miniature en fer clouté du XVIe siècle.

191 — Petit étui en ivoire finement sculpté à jour, forme carquois avec figure d'amour et fleur de lis. Époque Louis XVI.

192 — Petite applique en buis sculpté, dessin : aigle couronné, dauphins et mascarons. XVIe siècle.

193 — Breloque en fer repercé avec chiffre du XVIIe siècle.

194 — Bas-relief sur cuivre : scène genre Téniers.

195 — Deux salières en étain. Louis XV.

196 — Poivrière en étain. Louis XV.

197 — Sucrier en étain, décor à guirlandes et nœuds de rubans. Louis XV.

PREMIÈRE CHAMBRE A COUCHER

198 — Ameublement composé d'un lit de milieu à colonnes, une armoire à glaces biseautées à trois portes, une table de nuit, une commode duchesse en bois rose et palissandre sculpté de Gradet.

199 — Deux chaises analogues couvertes en velours capitonné et bandes de tapisserie.

200 — Tentures de lit et de croisée et cheminée composée de pentes et de bandeaux en satin jaune d'or et de bandes en velours, fond de même nuance avec dessin en relief ton chaudron.

201 — Secrétaire-chiffonnier en bois rose et marqueterie de bronze, dessus de marbre.

202 — Garniture de cheminée en bronze doré : pendule et deux candélabres à figures d'amours.

203 — Deux girandoles à trois lumières en bronze doré. Style Louis XV.

204 — Écran en peluche brodée, dessin à gerbes et arabesques de fleurs.

205 — Petite table à ouvrage en bois rose et palissandre ornée de bronze, forme Louis XV.

206 — Petite tablette duchesse en bois rose et palissandre ornée de bronze. Style Louis XV.

207 — Plusieurs tapis de tables et guéridons en peluche et velours brodé.

DEUXIÈME CHAMBRE A COUCHER

208 — Ameublement en noyer sculpté et filets noirs, composé d'un lit de milieu à colonnes surmontées de chapiteaux supportant le baldaquin, une armoire à glace biseautée, une table de nuit, une table à tiroir et une tablette à miroir et étagères.

209 — Grande et belle glace biseautée avec cadre en glace et bois sculpté et doré à fronton. Louis XIV.

210 — Grand fauteuil en velours vert frappé et capitonné.

211 — Deux chaises à hauts dossiers en noyer sculpté et filets noirs, couvertes en velours vert frappé.

TAPISSERIES

212 — Magnifique tenture flottante ou portière en tapisserie du XVIIIe siècle représentant un paysage accidenté animé d'oiseaux avec bordure d'aspect architectural à fronton, figures d'amours et médaillons. Encadrée de panne verte.

213 — Très belle tapisserie du commencement du XVIe siècle, représentant divers sujets allégo-

riques d'après les cartons d'Albert Dürer; composition des plus intéressantes par les riches costumes des personnages et par le caractère général de cette tenture.

214 — Tapisserie du XVIIIe siècle, représentant le Sacre d'un chevalier.

215 — Suite de trois magnifiques tapisseries de la Renaissance, représentant des scènes historiques, à nombreux personnages, empruntées aux cartons de Jules Romain. Les larges bordures offrent des médaillons à petits personnages, des ornements d'une très grande finesse et en bel état de conservation.

216 — Tapisserie du temps de Louis XIV, représentant le Départ pour la chasse.

217 — Tapisserie du XVIIIe siècle, représentant le Triomphe de Junon.

ÉTOFFES

218 — Très belle chape en ancien velours de Gênes, fond d'argent, à dessin rouge, avec onfroi en velours de Gênes, fond d'argent, dessin vert, petite bordure à dessin jaune d'or sur fond blanc.

219 — Deux dalmatiques et une chasuble en même ancien velours de Gênes, et, comme la chape précédente, en très bel état de conservation.

220 — Chape en satin rouge, broché à grands dessins Louis XV, avec onfroi semblable.

221 — Bandeau en soie crème, brodé d'argent et de soie, à ornements et rinceaux. Époque Louis XIV.

222 — Belle chape en ancien velours de Gênes, fond jaune d'or; grands dessins rouges à enroulements et fleurs.

223 — Belle tenture en lampas mordoré, à dessin de fleurs et feuillages en vert et blanc.

BIJOUX, DIAMANTS

224 — Broche forme dragon, en roses, enrichie d'une perle fine.

225 — Broche barrette, enrichie d'un gros saphir et de deux brillants.

226 — Broche forme parapluie, en or et émail, enrichie de roses.

227 — Bracelet rivière en or, enrichi de treize brillants.

228 — Bracelet en or, composé de douze brillants et quatorze perles fines de fantaisie.

229 — Paire de boutons d'oreilles, formés de deux rubis entourés de vingt brillants.

230 — Paire de boutons d'oreilles en or, composés de deux brillants solitaires.

231 — Paire de boutons d'oreilles en or, enrichis de deux brillants, montés dans des chatons en roses.

232 — Croissant en rubis et brillants.

233 — Bracelet enrichi d'un gros rubis entouré de vingt brillants.

234 — Bague enrichie d'un rubis entouré de brillants.

235 — Broche barrette enrichie d'une grosse perle noire et de six brillants.

236 — Bague composée d'un brillant, une perle noire et une blanche.

237 — Bague ancienne pavée en brillants.

238 — Bague en or, formée d'un brillant jonquille entouré de brillants blancs.

239 — Bague en or enrichie d'un rubis cabochon entouré de brillants.

240 — Bague en or et roses.

241 — Bague en or, formée de trois corps en brillants et un rubis.

242 — Deux papillons en brillants, rubis et émeraudes.

243 — Épingle formée d'une perle noire.

244 — Broche forme canard, formée d'une perle fine et enrichie de roses.

245 — Objets non catalogués.

www.ingramcontent.com/pod-product-compliance
Ingram Content Group UK Ltd.
Pitfield, Milton Keynes, MK11 3LW, UK
UKHW021116290826
14628UKWH00014B/2594